KB110400

문태영 지음

카톡으로 주고받은 사랑의 말

북랜드

서문

글로벌 시대, 정보화의 시대, 참 좋은 세상에 우리는 살고 있다.

살아온 지난날 어려웠던 삶의 이야기며, 살아가는 현재의 역경 속에서도 때로는 푸념 섞인 넋두리, 때로는 하소연, 더러는 응석을, 또 더러는 달콤한 사랑을…

가슴 답답해도, 누구에게도 못 했던 말, 너랑 나랑 부담없이 주고받은 사랑의 말 누구에게도 들키지 않고, 조곤조곤, 알콩달콩 속삭인 사랑의 밀어들…

옛날 같으면 보고 싶다, 사랑한다, 갖가지 사연 담은 자필편지를 써서 보내면 적어도 일주일, 아니면 열흘, 보름…

애간장 태우며, 우편배달부 기다리다 지쳐버리고…

지금은 마음만 먹으면 뚝딱, 카톡으로 세계 어느 나라에 있어도 몇 초 만에 당장 주고받을 수 있는, 이렇게 빠르고 속 시원한 세상에서 살아가고 있다.

여기 비록 너랑 나7랑 주고받은 112편의 달콤한 사랑의 말이지만 혼자 보고 넘기기엔, 우리 둘만 보고 지워버리기엔 너무 아까워 예쁜 책자로 엮어 보려 한다.

연인들이여! 부디 읽으시고 더 좋은 말들 보태시어, 더 좋은 멋진 사랑을 나누소서.

말로써 속삭이는 것보다, 글로써 주고받는 것보다, 카톡으로 주고받는 사랑의 말 더욱 정겹고 친근감이 있으며, 더 많은 가슴속의 울림이 있어 좋으리라.

사랑엔 국경도 남녀노소도 없다. 너랑 나랑은 우리이며, 세계 속의 우리는 모두, 너랑 나랑이니……

이 책이 세상에 나오도록 도움주신 민홍자 님께
고마움 전합니다.

1

하늘에는 별이 있고, 땅에는 사람이 있습니다.
별은 밤하늘의 축복이고, 사람은 땅 위의 축복입니다.
땅 위의 축복으로 만난 그대와 나
서로가 서로의 축복이 되길 기원합니다.

얽히고설키는 세상살이 속에서
모래알같이 수많은 사람들 중에
우연한 기회에 조용히 다가와
소중한 인연이 된 우리 두 사람

부지런히 걸으면 없던 길도 생기지만
걸음을 멈추면 있던 길도 없어집니다.
사람이 사는 일도, 사람과의 관계도
가꾸지 않으면 잡초가 우거지게 될 것이니

슬픈 일일랑은 서로 감싸주고 다독이며
즐거운 일일랑은 서로 나누어야 하리니
서로가 서로를 사랑하는 마음으로 챙기면서
인연 지어준 신께 감사하는 마음으로 살아요.

2

어쩌면 전생의 인연일 수도 있고
필연일 수도, 운명일 수도 있는 그대와 나
우리의 마음은 한곳을 향하지만
서로의 살아가는 공간이 다르고
서로가 지켜야 할 위치, 본분이 다르지만….

사랑하는 그대가 늘 행복했으면 좋겠습니다.
나로 인해서 조금이나마 피곤하지 않고
당신의 여린 가슴에 상처로 남아 아프지 않도록
오늘도 또 내일도 당신의 행복만을 위하는
그런 사람으로 최선을 다하렵니다.

3

씨앗은 흙을 만나야 싹이 트고
고기는 물을 만나야 숨을 쉬듯
사람은 서로 통하는 사람을 만나야 하며
큰 것보다 작은 인정에 더 큰 행복을 느낍니다.

살아온 날보다 살아갈 날이 적다는 안타까움 속에
나이가 들면서 사람의 정이 더욱 그리워지고
주고받는 대화, 오고 가는 위로가 눈물겹게 고마워
더욱 더 여려지는, 감동하는 마음, 이심전심이여.

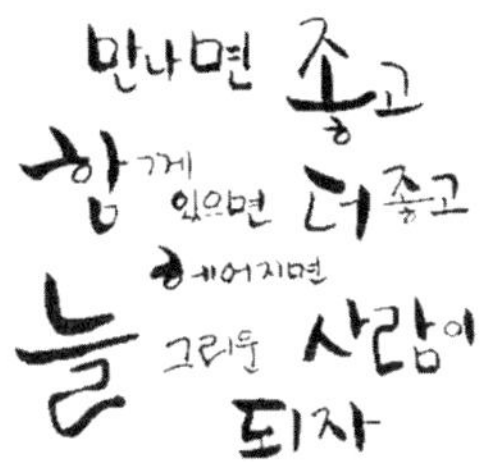

4

각박하고 허허로운 세상에서
나도
이제 혼자가 아니라는 생각은
의욕적인 삶을 살아가는 데
말로 표현할 수 없는 위로와 도움이 된다.

누군가를 만났고
알았다는 기쁨이야말로
가치 있는 사람의 감정이요
상처받기 쉬운 세상으로부터 벗어날
가장 따뜻한 삶의 순간이다.

5

사람과 사람 사이엔 거리가 있지만
우연한 인연으로 그 거리를 좁히고
믿음이라는 징검다리가 놓이게 되면
때로는 친구나 연인이 될 수도 있어

그 인연, 숨 쉬는 같은 하늘 아래
그 인연, 머무는 같은 세상에서
추억 한 줌으로 살 수 있음도
얼마나 큰 행복이요 영광입니까?

6

세상에서 내가 가장 좋아하는 사람은
잘난 사람도 유명한 사람도 아닙니다.
부담 없이 만나 다정한 대화 나눌 수 있고
서로를 배려해줄 수 있는 사람입니다.

내가 늘 찾고 있는 사람, 원하는 사람은
많이 배운 사람도, 능력 있는 사람도 아닙니다.
따뜻한 말 한마디, 자상한 위로 한마디에
힘내라고 손 한번 잡아주는 사람입니다.

여건이 여의치 못해 안타까워할 때에도
최선을 다하는 반짝이는 센스와 지혜로써
상대를 챙기는 배려와 용기를 발휘하는
내가 가장 믿고 있는 바로 그 사람입니다.

7

행복이 뭐 별거던가요?
인연 닿은 삶을 열심히 살면서
설레게 하는 순간을 놓치지 말고 즐기면 되는 것

행복의 가치 또한 무엇이 되느냐가 아니라
어떻게 사느냐가 중요할 것인즉
사랑의 믿음, 긍정의 믿음 속에 최선을 다하는 것

가슴 가득 채워주는 정겨움 하나로
밤을 낮 삼아 그리워하는 마음 하나로
단 하루라도 잊음 없이 그리움의 사랑으로
살아가는 것

8

사랑은 사람이 살아가는 향기이며
의미와 가치를 부여할 수 있는 따뜻한 행복입니다.
그런 사랑이 있기에 우리는 고난의 삶을
희망과 용기를 가지고 살아갑니다.
사랑한다는 것은
상대방에게 따뜻한 관심을 가지는 것이며
내가 사랑의 주체가 되어 누구를 사랑하는 동시에
나 또한 사랑의 객체가 되어
누구의 사랑을 받아야만 되며
내가 사랑할 사람도 없고
나를 사랑해주는 사람도 없으면
나의 존재와 나의 생활은
무의미와 무가치로 전락하고 말겠지요?
사랑이 없는 인생은 풀 한 포기 없는 사막과 같고
물이 말라버린 샘터와 같습니다.
생에 빛을 주고 향기를 주고
기쁨을 주고 의미를 주고
가치와 희망을 주는 것이 곧 사랑이며
서로가 서로를 믿고 의지한다는 것이
사랑의 원동력이고
사랑과 믿음과 행복은
하나의 가치임과 동시에 삶의 기초기반입니다.

9

사람과 사람의 만남은 상대적입니다.
좋은 사람이 좋은 사람을 만나고
따뜻한 사람이 따뜻한 사람을 만나게 되듯…

우리는 서로가 좋은 정서를 가진 사람이기 때문에
향기롭고 정겨운 좋은 대화를 나누고 있을 것이며
가식 없이 솔직하고 따뜻하게 상대를 대하므로
서로가 서로에게 따뜻한 감정을 느끼게 되는 것…

스스로가 결코 좋은 사람이라 말하기는 좀 그렇지만
적어도 당신을 만남에 있어 진심이고 싶고
그렇게 대하려고 노력 중인 것도 사실…
어제보다 나은 오늘
오늘보다 더 발전된 내일을 기약하며
먼 훗날에도 결코
후회 없는 우리들의 만남이 되길…

10

인생무상이라는 말이 있지요?
한 번 왔다 가는 것은 자연의 이치
푸른 잎도 언젠가는 낙엽이 되고
예쁜 꽃도 언젠가는 떨어집니다.

이 세상에 영원한 것은 아무것도 없습니다.
오늘 이 시간도 두 번 다시 오지 않습니다.
영웅호걸 절세가인도 세월 따라 덧없이 가는데
우리에게 그 무엇이 안타깝고 미련이 남을까요?

세월 앞에 그 누구도 예외는 없습니다.
누구라도 그러하듯이 세월이 갈수록
곁에 있는 사람들 하나둘씩 떠나가고
남은 사람들마저 세상과 격리되고 멀어지는데

돈도 명예도 권력도 내 몸 떠나면 무용지물
더 가진들, 좀 덜 가진들 무슨 소용이겠으며
인연 따라 맺어지고 엮어지는, 현생 나의 업
몸 하나 건강하고, 마음마저 편하면 금상첨화

이별이 점점 많아져 가는 고적한 인생길에
마음 맞는 친구 같은 애인, 애인 같은 친구 되어
마지막 황혼길, 쓸쓸하지 않은 날 보낼 수만 있다면
갈망했던 우리의 소망
여기에 무엇이 더 필요하리오.

11

마음은 비울수록 편안해지고
인정은 나눌수록 가까워지며
사랑은 베풀수록 애틋해지고
행복은 감사할수록 커집니다.

눈 감으면 생각나는 사랑하는 사람
만나면 헤어지기 싫고, 헤어지면 또 그리운
함께 있으면 저절로 미소가 지어지고
가슴 가득 행복을 느끼게 해주는 사람

비 오는 날에도, 눈 오는 날에도
정성을 다해 사랑하며 살다가
눈 감을 때 담아가고 싶은 사람은
지금 내가 사랑하는 당신입니다.

진정한 사랑은, 상대의 외면이나
좋은 조건을 사랑하는 것이 아니라
그 사람의 마음을, 그 사람의 영혼을
사랑하는 것이기 때문입니다.

12

이렇게 좋은 세상, 이렇게 좋은 날
오늘 내가 존재함을 감사하고
오늘 내가 건강함을 감사하며 …

오늘도 내가 일할 수 있고
오늘도 좋은 사람들을 만날 수 있고
오늘도 누군가를 사랑할 수 있다는 사실 …

내게 주어진 오늘, 이 시간을 소중히 여기고
나와 인연이 된 모든 것들에 감사하는 마음
넘치는 감사들로 하루하루를 채워갑니다.

13

능력이 있다고 행복한 것이 아니고
가진 것이 많다고 행복한 것도 아닙니다.
학력 경력 재력 외모 명품 …
자랑거리는 되겠지만
그것들이 반드시 행복한 건 아닙니다.

행복은 주어진 여건에 만족하는 것입니다.
남의 것을 부러워하지 않고, 탐하지 않으며
내게 주어진 작은 것에도 감사하는 마음으로
행복과 사랑이 가득한 하루 되세요!

14

아쉬움이 많았던 세월, 미련이 남는 황혼길
나의 인생 여정, 당신에게서 멈추고 싶습니다.

당신도 나 때문에 행복했으면 좋겠습니다.
나로 인해 고운 당신의 일상에도
한 가닥 연한 즐거움이라도 되었으면 좋겠습니다.

행여 삶이 지치고 외롭다고 느끼실 때
잠시나마 나를 생각하면서
그 시름 잊을 수만 있다면 좋겠습니다.

가끔씩이나마 내가 당신의 가슴에
희미한 안개 같은 그리움이었으면 좋겠습니다.

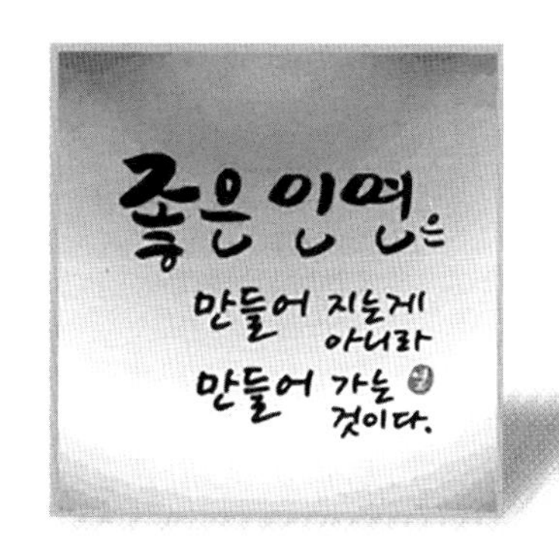

15

하찮다고 생각하고 하찮게 여기면
하찮지 않은 것이 없고
귀하다고 생각하고 귀하게 여기면
귀하지 않은 것이 없으며…

밉다고 생각하고 고개 돌리면
밉지 않은 것이 없고
예쁘다고 생각하고 자꾸 쳐다보면
예쁘지 않은 것이 없으니…

좋은 인연, 예쁜 사랑으로 행복에 겨운
사랑의 향기와 인간미 넘치는 우리들의 일상
아름다운 추억을 만드는 감동의 날들 속에
그 중심의 주인공, 고마운 그대, 당신

16

얼굴 먼저 떠오르는 보고 싶은 사람
이름 먼저 떠오르는 잊을 수 없는 사람
눈을 감고도 생각나는 가슴 아픈 사람
만나고 또 만나도 아쉬움이 너무 많은
그리운 당신은 내게 늘 이런 사람입니다.

순간의 외로움은
누군가가 채워줄 수도 있지만
영원의 그리움은
그 사람이 아니면 채울 수가 없지요
너무 가까이 있기에 그 소중함을 모를 수도 있지만
우리들의 남은 시간 생각보다 그리 넉넉지 않으니
내 곁을 지켜주는 모든 것들에 감사를 잊지 말아요.

가장 순수한, 가장 미더운, 가장 의지가 되는
당신 때문에 위안이 되는 사람이 있고
당신 때문에 행복해하는 사람이 있으며
당신이 있어 살맛 난다고 하는 사람이 있으니
당신의 배려, 당신의 역할만을 기대합니다.

17

정이라는 사랑이라는 따뜻한 단어는
인간과 인간 사이를 맺어주는 연결고리
남과 남이 우연한 기회에 서로 만나
사랑을 하고 삶을 공유한다는 것은
정이라는 것이 그 중심에 있기 때문일 것

옆집에 누가 사는지도 모르고 살아가는
인정이 메마르고, 인심이 삭막한 도시 삶 속에서
인간적이고 사람답게 정을 품고, 정을 나누며
넉넉한 가슴, 사랑의 감정을 나눈다는 것
누가 시켜서도 하고 싶어서 되는 것도 아니다.

상대의 정서와 취향을 이해하고 공감하며
서로가 서로의 마음을 여미고 토닥여주는
배려와 인내와 포용으로 감싸 안아주며
세상에서 가장 아름다운 미소를 나누는
서로에게 향기로운 인생의 동반자가 된다는 것.

18

무엇을 위해 이 세상에 태어났을까?
묵묵히 지켜주는 사랑도 해보고
소꿉장난같이 아기자기한 소박한 삶이나마
여한 없이 사랑하며 살아도 보아야지

당신에게는 아까운 게 아무것도 없어
몸이든 마음이든 최선을 다할 수 있다는 생각
하루에 열두 번이라도 볼 수만 있다면
어디든 갈 수 있다는 자신감

19

언젠가 우리가 지나온 삶을 뒤돌아보았을 때
미련이 많아 질척이는 삶보다
쿨하게, 후회 없이 살았다고 얘기할 수 있기를…

언젠가 당신이 나를 떠올렸을 때
그저 기억에서 지우고픈 한사람이 아니라
항상 그림자처럼 내 주위를 챙겨주고 살펴준
아름다운 사람으로 기억될 수 있기를…

20

카톡으로 전해주는 안부라도 좋고
전화 목소리를 들으면 더 좋고
만나면 신명 나게 좋지만 그건 내 욕심…

내가 좋아하는 음식보다 당신이 좋아하는 음식
내가 좋아하는 것들보다
당신이 좋아하는 모든 것을 먼저 생각하고.
당신이 원하는 것이라면 무엇이라도
응원하고 밀어주려는 생각…

이만큼 당신을 사랑하니까
그만큼 다 주어야 된다는 생각…

21

좋은 사람, 귀한 사람, 사랑하는 사람은
자기 몸 옆에 두려고 하지 말고
자기 마음 옆에 챙겨두라고 하네요.

자기 몸 옆에 둔 사람은
떠나면 그만이고 쉽게 떠날 사람이지만
자기 마음 옆에 둔 사람은
떠나는 것이 아니라 떨어져 있을 뿐이며
평생 떠나지 않을 사람이 된다 하네요.

정말 소중한 사람이라면
너는 너, 나는 나, 하는 사이가 아니라
너와 나는 우리라는 사이가 되어야지요?

22

삭막한 세상 모래알같이 수많은 사람들 중에
사려 깊고 가슴이 따뜻한 당신을 만난 건
내 일생일대의 행운이고 영광입니다.
내 가슴을 뛰게 하고 늘 배려하는 당신은
세상 무엇과도 바꿀 수 없는 선물입니다.

해맑은 아침 햇살이 반가운 건
내 마음속에 그대가 있기 때문입니다.
하루하루가 늘 감사한 것도
내 옆에 사랑하는 그대가 있기 때문입니다.

23

반복되는 일상, 삭막한 도시의 삶이지만
소소한 정담으로 안부를 전하는
그대가 있기에 오늘 하루도
노동의 의욕과 생존의 보람을 느낍니다.

눈을 뜨면 어김없이 찾아주는 안부에
짬짬이 들려주는 세상사, 인간사들
하루도 빠짐없이 사랑을 챙겨주는 당신
내 삶의 하루가 행복하기만 합니다.

산전수전 다 겪은 허허벌판
척박한 내 마음속의 밭이랑에
따뜻하고 포근한 새싹 같은 사랑 일어
가는 세월이 아쉬운 하루 또 하루

하늘만큼 고맙고, 땅만큼 소중한
하늘이 내게 준 가장 큰 선물, 당신
당신과 나 이 세상 끝날까지
오늘의 행복을 누리고 싶습니다.

24

간밤에도 또 오늘 하루도
내 안부가 궁금하지 않았느냐고

지금은 무얼 하는지, 무슨 생각하고 있는지
목소리가 듣고 싶지 않았는지
또 보고 싶지는 않았냐고
두 눈을 마주 보며 묻고 싶은 당신이여!

그동안 가슴에 심어진 그리움 한 조각
잘 크고 있냐고 묻고 싶은 사람이여!

자상한 미소, 바라만 보아도 느껴지는 포근함
세상의 온갖 시련과 외로움 잊고 지우게 하며
아픔으로 넘어졌던 마음 당신으로 인해 다시금
일으켜 세울 수 있는 의욕과 용기를 주는 사람

화려하지도 않고 초라하지도 않은
하늘을 닮은 당신의 모습
그런 당신을 닮고 싶은 나!

눈에 보이는 행동보다
보이지 않은 마음이 더욱 따뜻하여 그리운 사람
그 사람이 오늘따라 참 보고 싶습니다.

25

사랑의 말에는 가식도 과장도 필요가 없다
솔직한 감정을 느낌대로 표현하면 될 것
서로의 정서 취향에 따라 콩깍지가 끼게 되고
맺어지는 인연 따라 격에 맞는 사랑이 익어가는 것

생긴 대로, 있는 대로, 부담 없이 보이고 보아야지
고급지게 보이려 어려운 단어를 찾아서 쓰거나
상대를 현혹시키려 달콤한 말들만 골라서 하면
진실성이 없는
소설 속의 남의 이야기가 될 것인즉…

26

얼마나 좋은 세상입니까?
얼마나 좋은 시절입니까?
손가락 하나 잠깐 움직이면
순간적으로 뚝딱 보내지는 카톡으로
보고 싶다, 사랑한다 말할 수 있고
세상사 돌아가는 모든 일들을
서로가 공유하며 살아가는 신명 나는 세상…

사랑에는 국경도 이념도 초월하지만
사랑에는 나이도 남녀의 구분도 없다
짝이 기우는 기러기사랑이면 어떻고
벙어리 냉가슴 앓듯 말 한마디 못 해보고
애간장만 태우는 짝사랑이면 또 어떠랴?
사랑의 감정이 느껴진다 함은
내가 아직 살아있다는 증거이며
아직도 할 수 있다는 의욕과 자신감…

27

나
지금의 행복은 바로 당신입니다
혼자 짊어지고 가던 내 삶의 무게를 덜어준 당신
지치려는 어깨를 토닥거려 주고
미소로써 용기를 주는
자상한 당신을 얻고 사랑하게 되어서 기쁩니다.

가끔씩은
언제까지 이어질지 모른다는 두려움도 있지만
기다리는 설레임, 마주 보는 황홀함, 느껴지는 전율
이런 행복들이 평소 나의 꿈이었다고 할 만큼
스스로에게도 부러운 새로운 삶이었습니다.

하루하루가
아쉬움이 남는 순간의 연속이었지만
내일은 기대에 찬 꿈이고 희망이 됩니다
꿈과 희망을 말하고 싶은 당신을 만났기에
주저 없이 당당하게 사랑한다 말할 수 있습니다.

28

만나고 돌아서면 또 그리운 사람
보고 보고 또 보아도 보고픔을 만드는 사람

불러도 또 부르고픈 당신이라는 이름
내 안에 영혼 되어 잠들지 않는 사람으로
생각만 하여도 울컥거리는 가슴이 되어
영원한 무덤 하나 짊어지고 살아갑니다.

후회 없이 사랑하고 아무런 두려움 없이
당신의 손 꼭 부여잡고 아름다운 추억으로
그렇게 사랑하며 살겠습니다.

29

이 세상을 하직할 때
사람들이 가장 많이 후회한다는 세 가지
많이 웃을 걸, 많이 베풀 걸, 많이 사랑할 걸

청춘의 세월을 보내고 난 사람들이
옛날을 돌아보며 가장 후회하는 세 가지
사랑한다고 말할 걸, 더 많이 다닐 걸,
더 낭만적으로 살 걸

죽은 후에는
웃을 수도, 베풀 수도, 사랑할 수도 없고
죽은 후에는
일할 수도 다닐 수도 없고
죽은 후에는
노래도 할 수 없으며
죽은 후에는
그 사람을 만날 수도 없으니
그에게 고백할 수도 없습니다.

그러니 살아있는 지금 뜨겁게 일하고
살아있는 지금 가고 싶은 곳에 가보고
살아있는 지금 사랑한다고 말해야 합니다.

30

당신의 내음이 더욱 절실해지는 날에도
그대를 내 가슴속에 고이 묻어두어야 함은
영원히 남을 나의 사람, 나의 사랑이기 때문이지요.

굳이 더 깊은 사랑을 확인하지 못하여도
그대의 사랑을 느낄 수 있음 또한
잔잔히 흐르는
강물 같은 마음을 보여주시기 때문입니다.

세월이 가면 사랑도 가는 것이 세상의 이치라지만
그래도 남겨지는 것은
그대와 나의 거짓 없는 마음이라고 믿고 싶습니다.

보일 듯 보이지 않고
잡힐 듯 잡히지 않는 당신의 모습과 마음
오늘도 나는 그대를 기다립니다.

그래도 난 슬프지 않습니다.
우리들에겐 또 밝은 내일이 있기 때문이지요
기다릴 수 있습니다. 오늘도 또 내일도…

31

내 생애에 그대만큼 그리운 이가 없었고
그대만큼 보고 싶은 사람도 없었으며
그대만큼 애절한 사랑의 감정을 느껴본 적도 없다.

그대를 생각하면 나도 몰래 눈물이 나고
그대만 생각하면 이름 없는 시인이 되고
구구절절 하소연이 쏟아져 나온다.

내 외모, 내 가진 것 보잘것없지만
이렇게 편지글이라도 보낼 수 있는 지혜와
인내할 수 있는 넉넉한 마음에 감사한다.

32

꼭 경제적 여건이 좋아야만 사랑이 이루어지는 걸까?
꼭 거창하고 화려한 곳에서 놀아야만
행복한 사랑이라 할 수 있을까?

서로의 정서적 취향과 대화가 통하는 사람끼리 만나면
상대를 배려하고 이해한다면
사랑의 진실이 살아 있으면
그것으로 행복을 느낄 수가 있으리라.

비 오는 날 우산 하나만 들고 둘이 서로 감싸면서 걷거나
첫눈을 맞으며 팔짱을 끼고 나란히 걷기만 해도
허름한 찻집에 마주 앉아 서로의 눈빛을 바라보기만 해도
값싼 짜장면을 먹으면서도 행복한 웃음꽃이 필 것이고
장미꽃 한 송이로 애틋한 사랑의 마음을 전하기만 해도
사랑하는 두 사람은 나름대로 기쁘고 행복할 수 있을 것

서로가 서로를 이해하고 배려하는 마음에서
건전하고 진실한 사랑의 열매가 맺어지리라
사랑과 행복,
그것은 생각과 이해의 결과일 것이다.

33

만남은 소중해야 하고
인연은 아름다워야 한다
사랑은 변치 말아야 한다

인연을 깨뜨리지 않는 사람
삶을 진실하게 함께하는 사람
잘 익은 과일처럼 향이 나는 사람

그런 마음 가진, 그런 향기 품은
그런 진실한 만남이고 싶고
그런 소중한 사랑을 하고 싶다.

현명한 사람은 누구인가?
모두에게서 배우는 사람이다.
강한 사람은 누구인가?
스스로의 열정을 지배하는 사람이다.
부유한 사람은 누구인가?
만족하는 사람이다.

-벤자민 프랭클린-

쌀쌀해진 날씨에 감기 조심 하시고
좋은 일만 골라 하시는 날 되세요
행운도 가득한 금요일 되시길 바랍니다

34

네게로 갈게
내가 네게로 갈게
산 넘고 물 건너
머나먼 길도 마침내 갈게.

밤낮으로
그리움의 날개를 타고
네가 있는 곳으로
너의 가슴속으로
점점 더 가까이 가고 있을게.

너는 내게로
다가오지 않아도 돼
뒷걸음만 치지 말렴
내게서 멀어지지만 말렴
내가 네게 닿을 때까지
제발 가만히만 있어 줘.

35

당신은 지금까지 내가 본
그 어떤 사람보다도
매력적이고 인간적이며
누구에게나 힘이 되고
등불이 되어주는 사람입니다.

사람이 나 아닌 타인에게
그 무엇이 되어준다는 건
생각하는 만큼 쉬운 일이 아닙니다.
당신은 그 누구보다도 가장 값진
보석 같은 사람입니다.

그 보석을 함부로 여기지 마세요
그 보석을 함부로 사용하지 마세요
그 보석을 감정할 수 있는 사람만이
그 소중한 가치를 아는 법입니다
그 사람은 바로 당신의 영입니다.

36

그대의 미소는 내 마음의 햇살입니다
그대의 미소는 내 마음의 평화요 봄입니다.

그대의 미소는 내겐 사랑입니다
그 미소만으로도 내겐 행복입니다.

가슴 설레는 그대의 모습, 그 목소리
세상의 무엇과도 바꿀 수 없는 축복입니다.

37

수천 번의 옷깃을 스치는 전생의 인연이 있어야
이승에서 단 한 번 만날 수 있다는 기막힌 윤회
그러면 우리 얼마나 많은 전생의 인연이 있었을까요?

맑고 고운 당신의 얼굴에
언제나 행복한 웃음만이 가득할 수 있길 소망하며
당신의 하루가 행복할 수 있도록 최선을 다하겠습니다.

사랑하는 당신과 나의 만남이 다하는 그 날까지
내 주고 싶은 사랑 다 받고 가세요!

당신에게는 그런 사랑을 받고
그런 행복을 누릴 수 있는 자격이 충분합니다.

38

메마른 대지에 단비 내리고
삭막했던 마음의 골짜기 촛불 하나 켜지고
황혼길 모퉁이 따뜻한 모닥불까지 지펴놓아
향기로운 님의 흔적 체취 설렘
몇십 년을 거슬러가는 듯 밤을 뒤척입니다.

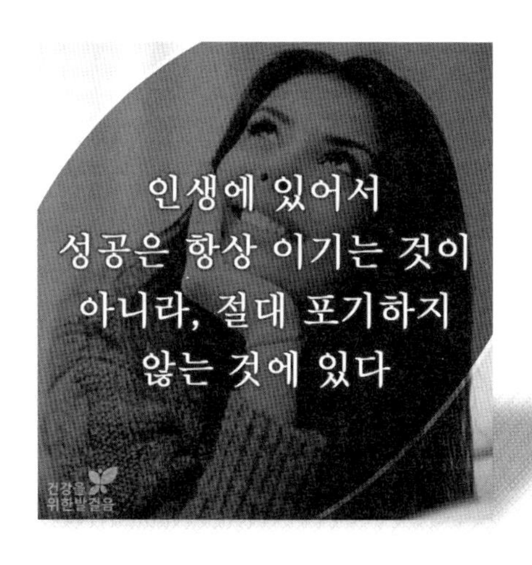

39

인간의 삶은 관계라 했습니다
특히 사랑하는 사람과의 관계는
더더욱 그러하겠지요?
이해하고 배려하고 자제하고 챙기면서
서로에게 걸림돌이 되지 않아야겠지요?

좋아한다고 사랑한다고 얽어매거나
필요 이상의 집착은 서로를 소유하려는 족쇄가 되고
그것은 결국엔 고통을 낳겠지요?

사랑에 날개를 달아주고 자유분방하게
소신을 펼칠 수 있도록 배려함이
오히려 같이 발전하고 같이 성장할 수 있는
여건을 만들어주는, 그것이 진정한 사랑이겠지요?

40

욕심은 부릴수록 더 부풀고
집착은 할수록 더 질겨지는 것

사랑은 베풀수록 더 애틋해지고
마음은 비울수록 더 편안해지니

늘 생각나는 그 사람을 위해서
오늘도 행복하기만을 빌어드린다.

41

누군가와 함께라면…
갈 길이 아무리 멀어도 갈 수 있고
비바람 불고 눈보라 몰아치는
깜깜한 밤에도 갈 수 있습니다.

위험한 강도 건널 수 있으며
높은 산도 넘을 수 있습니다.
누군가와 함께라면…

손 내밀어 잡아주고, 어깨 두드리며
몸으로 막아주고, 마음으로 사랑하면
나의 갈 길, 아니 우리 갈 길
끝까지 잘 갈 수 있습니다.

혼자 살기에는 너무나 벅차고 힘든 세상
단 한 사람이라도 사랑해야 하고
단 한 사람의 손이라도 잡아야 합니다.

단 한 사람이라도 믿어야 하며
단 한 사람에게라도
나의 모든 것을 보여줄 수 있어야
동행의 기쁨이 있고, 위로가 있습니다.

언젠가 우리는 누군가의 동행에 감사하면서
눈을 감게 될 것입니다.
험난한 인생길, 누군가와 손잡고 걸어가요
손을 잡으면 마음까지 따뜻해집니다.

42

기대와 설렘 속에 또 하루를 맞는다
그의 오늘 일정은 어떻게 될까?
어떤 음식을 먹고, 어떤 옷을 입고
어디에서 누구랑 만나서 무얼을 할까?
그리움으로 수놓는 마음 알기나 할까?

가장 힘들 때 생각나는 사람
가장 기쁠 때 보고 싶은 사람
가장 외로울 때 그리운 사람

푸른 하늘처럼, 싱그러운 꽃잎처럼
포근한 엄마처럼, 상냥한 누나처럼
잔잔한 미소로써 다정하게 감싸주는 위로
인생길 여정에 어깨동무하며 온기 나누는
우리, 서로에게 그런 사람이고 싶다.

43

그대의 눈빛에서 내 사랑이 시작되던 날
그날 이후 나는 사랑에 빠지고 행복에 젖어
같은 하늘 아래 같은 공간에서 숨 쉬고 있다는 것
그대와 나 우리, 함께 살아가고 있다는 것
이 세상 모든 것이 아름답게만 보였습니다.

고통도 슬픔도, 삶 속의 긴장감도 사라지고
눈에 보이는 모든 것이 긍정적으로 변했습니다.
하지만 나도 그대에게 긍정적일 수 있을까?
과연 나도 그대에게 행복을 줄 수 있을까?
최선을 다하겠다는 다짐뿐, 그대만을 위해서!

44

몇 시간만 연락이 닿지 않아도 애가 타고
며칠만 못 보아도 안절부절못하다가도
함께 있으면 헤어지기 아쉬운 사람
보면 볼수록 더 보고 싶은 사람…

생각만 해도 가슴이 뿌듯해지고
가슴이 촉촉하게 적셔오는 사람
멀리 있어도 가까이 있어도, 마음이 통하는
우리는 이미 행복한 사람…

45

사람과의 관계에서 가장 중요한 것은
말없이 서로 믿어주는 것이고
상대로부터 사랑하고 있고, 사랑받고 있음을
마음으로 느끼게 하는 것이다
그만큼 서로의 신뢰를 얻어야 된다는 것이다.

책임이 없는 곳엔 믿음이 없고
믿음이 없는 곳엔 절대 사랑이 싹틀 수 없다
오직 믿음과 신뢰만이 사랑을 성숙시킬 수 있다
서로가 서로를 신뢰할 수 있게 믿어주는 것이
너는 나에게, 나는 너에게 더 소중한 존재가 된다.

46

사랑은 잘 익은 열매도 과일도 아니며
사랑이 무슨 종교도 미신도 아닐지언정
따 먹을 수도, 돈 주고 사서 먹을 수도 없으며
무작정 믿는다고, 싹싹 빈다고 될 일도 아니다.

그러나 사랑은 그리울 때 그리워하고
보고 싶을 때 보고 싶다고 말해야 한다.
그리워하지도 못하고 볼 수도 없다면
가슴에 쌓인 사랑의 감정은 눈물겨운 일이다.

미처 다 하지 못한 말들도 뱉어내야 하고
가끔은 가슴 시린 허전함을 호소도 해야 하고
무작정 달려가 부둥켜안아도 보아야 한다.
사랑은, 그리워하고 사랑하는 것이 사랑이다.

47

사랑은 그리울 때가
더 아름답다고 했던가요?
함께하지 못하는 아쉬움에 목마르던 날들
님의 향기 느껴질 때면
그리움에 아파했던 많은 날들

기다리는 시간마저도, 그리워하는 순간마저도
행복이라면 행복입니다.
그대 볼 수 없기에, 그대 만날 수 없기에
사랑은 그리울 때 애절하게 보고 싶을 때가
더 아름다운 것 같습니다.

48

사랑이란 은근히 물드는 것, 젖어드는 것
사랑이란 배우는 것이 아니라 천천히 익히는 것

그대, 풋풋하고 단아한 모습
그대, 친절하고 따뜻한 말 한마디
그대, 맑은 눈 부드러운 미소

팔빙수처럼 달콤하면서
내 가슴속이 시원해지는 것

그래서 사랑이란
서로의 존중과 배려라는 길을
함께 가는 것

바람결에 실려 오는 그대의 향기
늘 행복해서 항상 미소 짓는
그대의 넋에 빠진 영

49

하루에도 몇 번씩 생각나는 사람
아니 하루 내내 보고 싶고 그리운 사람
비울수록 채워지는, 가슴이 따뜻한 사람
감동과 감사로 보답하고 싶은 사람

보고 싶고, 만나고 싶은 그리움을 참고
성급했던 마음과 발걸음 자제하면서
믿음이라는, 신뢰라는 징검다리를 놓아
더 깊이 사랑하는 법을 배워야겠다.

50

사람과 사람 사이의 우정이나 사랑에는
돈도 명예도 학력도 경력도 필요가 없듯이
내가 너를 대함에 있어서도
세속의 아무런 이유가 없고
계산도 없고 조건이 없다.

네가 나를 대함이 어제와 오늘이 다르지 않고
내일도 또한 말과 행동이 다르지 않고
맑은 정신과 밝은 눈과 깊은 마음으로
한결같이 챙겨주는 작은 사랑, 오직 그것뿐이니…

51

그리운 사람아! 사랑하는 사람아!
보고 싶어도 자주 못 보는 우리
그저 가슴에 사랑 하나만 꼭 품고
서로가 서로를 그리워하며 살자!

잠시 잠깐 피었다가 봄바람에 떨어지는 꽃잎처럼
가슴 한편 저미는 슬픈 사랑이 아니라
가슴에 걸어 둔 예쁜 액자 같은 고운 사랑으로
단 하루라도 잊음이 없이 그리움의 사랑으로 살자!

마음과 마음, 아쉬운 이심전심으로
서로의 가슴을 사랑으로 적시며
그리워도 보고파도 참고 위로하며
사랑하는 마음으로 이겨나가요.

52

잠결에도 문득 착하고 순결한 그대 있음에
내게도 아직 희망이 남아 있다는 사실
산들바람에 춤추는 초록 이파리처럼
내 마음에도 아직 꿈이 살아있다는 현실

말하기도 두렵고 생각하기도 싫지만
행여 다시는 당신을 만나지 못할지라도
혹은 내가 나를 잊게 되는 일이 있을지라도
한 가지 비밀만은 꼭 미리 말해주고 싶다.

진실로, 최선을 다해서 당신을 사랑했고
당신만 내 곁에 있으면 마음 편하고
이 세상 모든 것을 내가 다 가진 듯
최고의 빽이고 버팀목이라는 사실을…

53

나 곁에 없더라도 그대여!
제발 나를 잊지 말아 주세요.

내 비록 몸은 떨어져 있어도
마음만은 늘 그대 곁에 남아있을 것

볼품없는 내 육신, 외모를 생각하지 말고
한 줌 깨끗한 내 영혼을 찬양해 주오.

사랑이란 달콤한 말장난, 단어에 현혹되지 말고
가슴속 피 끓는 내 심장의 절규를 들어 주오.

그대의 그 반듯한 용모와 빈틈없는 자세
그 은은한 미소와 진솔한 언행을 찬양합니다.

54

수천 번의 옷깃을 스치는 전생의 인연이 있어야
이승에서 단 한 번 만날 수 있다는 기막힌 윤회
우리는 얼마나 많은 전생의 인연이 있었을까요?

맑고 고운 당신의 얼굴에
언제나 행복한 웃음만이 가득할 수 있길 소망하며
당신의 하루가 행복할 수 있도록 최선을 다하겠습니다.

사랑하는 당신과 나의 만남이 다하는 그 날까지
내 주고 싶은 사랑 다 받고 가세요!

당신에게는 그런 사랑을 받고
그런 행복을 누릴 수 있는 자격이 충분합니다.

55

당신 덕분에 기다림을 배우게 되었고
당신으로 인해 두근거림도 알았지만
당신의 마음을 다 채워줄 수는 없기에
당신의 행복을 빌어주는 겸손의 마음으로
사랑이라는 순수의 마음도 가지게 되었습니다.

나는 지금 조용히 나 자신에게 묻습니다,
오늘 하루도 내 사랑하는 사람을 위해서
몸도 마음도 할 수 있는 최선을 다했는지를
언제나 기쁜 마음, 후회 없는 진실한 사랑이었노라고
다시 태어나도 당신만을 위한 삶을 살고 싶다고…

읽지 않는 글, 표현하지 않는 사랑은 부질없는 것
호수에 돌을 던지면 잔잔한 파문이 일 듯
내 사랑의 말의 파장이 당신의 가슴에 울림이 되어
포근하고 따뜻한 당신, 싱그러운 꽃향기 속에서
언제나 늘 행복했으면 좋겠습니다.
내 사랑 그대여!

56

언제 이렇게 깊은 정이 들었는지?
정이 든다는 건 함께 기쁘고, 함께 슬프고
무엇이라도 나누어 가진다는 것

정이 들었다는 건 서로를 생각하는
시간이 많아진다는 것
지금쯤 무얼 할까? 내 생각도 하고 있을까?

정이 들었다는 건 표정만 읽어도
목소리만 들어도 느낌을 알 수 있다는 것
기분이 좋은지, 우울해 있는지?

깊은 정이 들었다는 건 서로를 걱정하는
시간이 많아진다는 것
아프지는 않을까, 무슨 일은 없는지?

깊은 정이 들었다는 건
언제 어디서라도 곁에 있다는 생각
너무나 인간적인 아름다운 관계

57

전생에 3000번 옷깃을 스치는 인연으로
이승에서 한 번 만난다는 소중한 인연
그 사람이 나를 얼마나 사랑할까
궁금해하지도 말고

내가 그 사람을 얼마나 사랑하는 걸까
헤아려보지도 말며

그 사람이 내 곁에 없을 때
타인에게 관심 보이지 말며

이만큼 받았으니 나도 요만큼만 주어야지
치사하게 얌체 짓도 말고

뜨거우면 뜨거운 대로, 식었으면 식은 대로
우리, 사랑의 맛은 다 겪어보자!

잘났니 못났니 비교도 자책도 말고
떠나보내고 나서, 있을 때 잘할 걸 후회도 말며
이별하고 나서, 그리워 슬퍼 울지 말고
사랑할 수 있을 때 최선을 다하자!

58

사랑은 주는 것만큼 돌아오는 것도 아니고
사랑은 받은 만큼 다시 돌려주는 것도 아닙니다.
돌아올 것이 없다고 해도
쉼 없이 주는 사랑에서 얻는
내 마음의 행복이 더 크다는 것을 나는 알고 있지요.

나를 바라보는 그대의 진실한 눈빛 하나에서
나를 걱정해주는 따뜻한 위로의 말 한마디에서
내 마음을 다잡아주는 그대의 따뜻한 손의 온기가
내 모든 투자의 보람과
행복을 부르는 신호인 것입니다.

세상 사람들이 저렇게 사랑에 힘들어하는 것은
그만큼 상대에게 바라고 있는 것들이 많기 때문입니다.
내가 주기보다는
상대에게서 받고자 하는 욕망이 크기 때문에
불평도 불만도 실망도 불화도
그만큼 불어나는 것입니다.

사랑에서의 실리적이고 현실적인 산술적 계산법은
내가 상대방에게
얼마나 많은 사랑을 줄 수 있을까를
고민하는 것뿐이며
사랑하는 동안에는 그것마저도 잊어버리는 것이
진정한 사랑이라는
현대적 사랑 계산법을 터득했습니다.

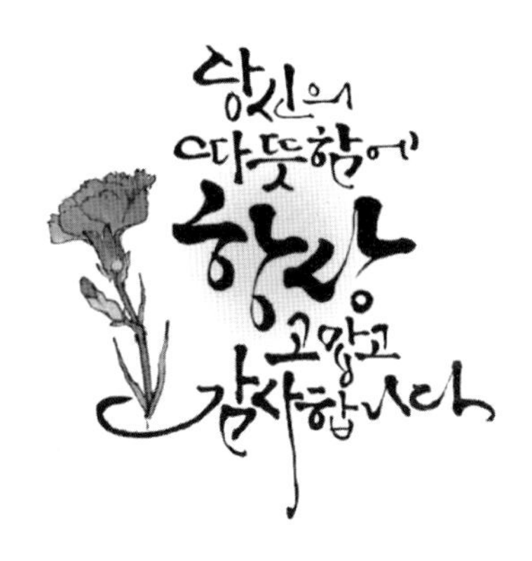

59

참된 사랑이란?
사랑을 얻기 위해
무엇이든 다 해 주는 것이 아니라
사랑을 얻고 난 후에도
변함없이 사랑해주는 것이니

나, 그대를 사랑합니다.
이 세상이 모두 사라져도
이 세상을 다 준다 하여도
오직 그대 하나만을 사랑합니다.

함께 할 수 있는 사랑을 위해서
함께 나눌 수 있는 꿈을 위해서
내 모든 것 다 버리고
그대 고운 모습, 하나만을 사랑합니다.

비록, 볼품없는 외모에다
몸은 가난하여도 마음은 부자입니다.
비록, 내 생활 초라하여도
내 가슴은 늘 넉넉하고 따뜻합니다.

그대만 내 곁에 있어준다면
그 하나만으로 용기백배, 희망 천 배
나는 정녕 그대를 행복하게 할 수 있으므로
내 혼신을 다해 그대 하나만을 사랑합니다.

60

사랑은 오늘 필요합니다
세상에서 제일 슬픈 일 중에 하나가
사랑하는 사람의 이름을 불러도 대답이 없을 때랍니다.

같이 다니면서 맛있는 것도 사주고
경치 좋은 곳도 구경시켜 주고 싶은데
그 사람이 이 세상에 없을 때는 어떻게 합니까?

오늘이
그 사람을 사랑할 수 있는 마지막 날일 수도 있고
오늘이
사랑을 받는 마지막 날일 수도 있습니다
아무도 내일을 살아본 사람은 없기 때문입니다.

세월이 가도 매일 오늘만 사는 것입니다
사랑도 오늘뿐이지
내일 할 수 있는 사랑은 없습니다.

사랑하는 사람에게 줄 수 있는 것이 있다면
오늘 다 주어야 되겠지요?
내일은 줄 것이 또 생길 것이기 때문입니다.

우리 최선을 다해 오늘을 즐겨요!

힘들다고 불평하지 말고

저 뒤엔 기쁨이 있으니

오늘이란

당신과 나에게 주어진 최고의 선물입니다.

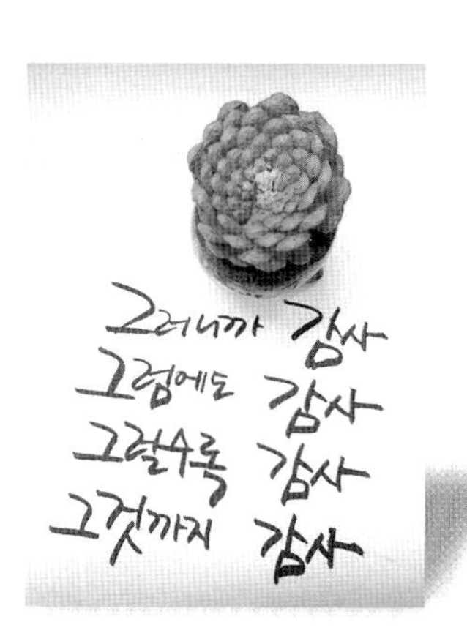

61

오늘 하루도 건강한 모습으로 일할 수 있게 된 것
내가 생각하고 계획했던 일상의 모든 것들이
순조롭게 추진, 진행되고 있음과
좋은 날씨, 맑은 하늘 아래
대자연 속에서 같이 숨 쉬고
내가 만나는 사람, 우리가 만나는 모든 인연들…

눈에 보이는 것 손에 잡히는 것
귀에 들리는 것 모두가
당신을 사랑할 수 있기 때문이며
이 모든 것들이 더없이 소중한 것 역시
그대에 대한 내 존경과 찬사의 마음이며
소박하지만 우리의 삶에
생동감과 향기가 묻어나는 것도
우리 삶 속에, 지금껏 느껴보지 못한
작은 동심의 발동으로
정겨운 사랑의 맛과
새로운 희망이 샘솟고 있기 때문입니다.

이렇게 좋은 하루하루를

당신과의 향기로운 교감 나눌 수 있음에
진실로 진실로 감사, 또 감사합니다.

잠을 설치게 하고, 일상을 설레게 하는
그러나 행복에 겨운
내 사랑 그대, 당신이여!
부디 건강하소서!

62

사랑한다는 말은 오늘 해야만 합니다.
내일 어떻게 될지는 아무도 모르는 일
우리 모두에겐, 내일이 없을 수도 있고
오늘도 항상 있지만··· 다만,
그대와 내가 살아있을 때를 말함이니

그리운 이여! 사랑한다는 말은
사랑의 감정이 살아있고, 우리들 두 사람의
정신과 육체도 오늘만큼이라도 건강할 때
해야 된다는 말입니다.

정신과 육체가 따로 놀거나 생각이 흐리거나
몸이 마음대로 따라주지 않을 때는
진정한 사랑을 할 수가 없겠지요?

그래서 이렇게 좋은 시절 그대와 나
애타게 그리워하며 보내는, 하루 한 시간이 아깝고
늘 쫓기듯 바쁜 일정을 살아가는
그대를 보면 안타깝고 마음이 아픕니다.

모래알같이 수많은 사람들 중에
우연인 듯 필연인 듯 가만히 다가와
혈육처럼 소중한 사이가 된 그대와 나
죽기 전에, 아니 죽어도 여한이 없을
하늘 아래 가장 고귀한 사랑을 남겨요.

63

세상에서 가장 큰 선물
가장 값진 것이 사랑입니다.
사랑은 돈으로도 살 수 없고
권력으로도 뺏을 수 없는
순수하면서도
고귀한 감정이 깃들어야 되기 때문입니다.

사랑 안에는
꺾이지 않는 용기와 지혜가 들어있기 때문에
진실한 사랑일수록 어떤 물질보다는
작은 마음 하나에도
감성을 자극하고
감동의 눈물을 보이게 되는 것입니다,

살아가는 동안
서로가 서로를 감동에 젖게 하는 것은
요란하고 거창한 것이 아니라 사소한 작은 것들이며
상대를 배려하는 진실 하나로
더 큰 사랑을 얻을 수 있습니다.

64

무슨 말을 하지 않아도 눈빛 하나로
어떤 생각을 하고 있는지 먼저 알고 있는 당신
나 역시 눈으로 말합니다. 마음으로 속삭입니다.
따뜻한 그 눈빛, 그 미소, 생각으로 그려봅니다.

덕도 인품도 사랑도 많이 부족한
가난한 영혼을 감싸주고 품어준 고마운 당신
무슨 말, 무슨 행동으로도 그 고마운 마음을
표현하고 전달할 수 없어 안타까울 따름입니다.

황혼 녘에서나마 천사 같은 당신을 만나
당신을 알고부터 당신으로 인하여
꿈길 같은 아름다운 삶을 살아가고 있기에
참으로 고맙다는 감사의 기도를 드립니다.

부끄럽지만 분명하고 중요한 한 가지 고백
자그마한 당신에게 길들고 나서부터
더 신비로운 세상을, 더 새로운 꿈을 향해서
살아가고 있다는, 놀랍고도 소중한 사실입니다.

65

어떤 기회에
어떤 한 사람을 알게 되고 사랑한다는 것은
그 사람의 인생을
내가 받아들인다는 것과도 같을 것이며
우선 그런 마음의 자세가
갖추어져야 된다고 생각합니다.

누군가 내게 늙고 병들어도
지금과 같은 사랑의 감정에
변함이 없겠느냐고 물어본다면
나는 당당히 말하겠어요.
살아온 과정보다 살아갈 과정의
어려움을 감수해야겠지만

기쁠 때나 슬플 때나
기력이 떨어져 세상을 하직할 그 날에도
내 입맞춤에 당신의 그 미소
한 번만 바라볼 수 있다면
마지막 순간까지라도
지킬 자신이 있다고 말하겠습니다.

내게,
순수한 사랑의 감정을 가질 수 있도록 만들어주고
내게,
기다림의 인내와 삶의 의욕을 심어준 사람을 위해서
목숨까지도 바칠 자신이 없다면
아예 시작하지도 않았습니다.

66

혼자서는 살 수 없는 각박한 세상
우리, 소중한 만남의 인연의 끈
네 것, 내 것 따지지 말고
우리 서로 기대며 위로하며 살아요.

삶에 지치고, 외로움에 지치고 그리움에 지친 내게
당신의 포근한 그 미소로 날 다독여주세요
당신이 피곤에 지쳐있을 때엔 언제라도 좋아요
내 어깨에 기대어 쉬세요.

그대 아무 말 말아요
축복하는 마음, 사랑하는 마음으로
그냥 내 옆에 가만히 있어주기만 해요
몸도 마음도, 넉넉하고 포근한 그대 내 사랑!

67

덧없이 살아온 지난 세월
후회하고 원망한들 무슨 소용 있으리오
아쉬움의 세월보다 비록 짧지만
남은 시간 좋은 세월에 보람을 심고
가고 싶은 곳, 하고 싶은 것, 먹고 싶은 것
가보고 해보고 먹어보면서
오손도손 알콩달콩 살아갑시다.

남들처럼 땅 사주고 집 사주고
번쩍번쩍 다이아몬드 명품은 아니라도
소박하고 약소하지만 서로가 좋아하는
인간적인 정서 취향, 따뜻한 교감으로
살아온 날들보다 더 큰 보람 심고 가꾸어
어차피 떠날 때는 빈손으로 가는 인생
마지막 그날까지 알뜰살뜰 챙겨 드릴게요.

68

누구를 사랑하면 공연히 나는 작아지네
사랑이 깊어질수록 그 열매 익어갈수록
나 자신, 점점 더 위축되고 작아만지네

가진 것도 배운 것도 없으면서 사람들 앞에서
큰소리 뻥뻥, 자신감 넘치던 내 모습은 사라지고
자랑할 것 하나 없는 나의 참모습이 느껴지네.

평생을 많은 사람들 앞에 서는 것이 일상인 내가
당신을 만나면 왠지 모르게 작아집니다.
사랑이 깊어지면 깊어질수록 점점 더 작아집니다.

다른 사람들 앞에서는 잘난척하던 내가
당신 앞에 서면 자꾸만 자꾸만 작아집니다.
그러나 당신을 축복하는 마음 더욱 깊어만 갑니다.

69

사랑하면 사랑한다고
보고 싶으면 보고 싶다고
솔직하게 말하면서 살아요.

하나를 주면 몇 개가 돌아오고
내가 두 개를 주면 손해라는 생각 말고
계산 없이 주고 싶은 만큼 주고 살아요.

주어도 주어도 아깝지 않고
줄 것이 모자라서 안타까운 마음
그것이 진실로 사랑하는 마음일 것.

좋은 것은 좋다고 말하고
이해타산 없이 주는 것들이
지성이고 배려이고 인격이려니

때로는 손해가 될지 몰라도
마음 가는 대로, 주고 싶은 대로
그렇게 솔직하게 살아가고 싶어요.

70

너무, 극성인가요?
너무, 보채는 건가요?
오늘 일정은, 어떻게 되시는지?
이번 주말엔, 뭐 하실 계획인지?
언제, 만날 수 있는지?
어디로 가서, 뭘 먹을 건지?
헤어지면, 또 언제 볼 수 있는지?

사랑은, 지나친 소유욕으로
나만 챙기고, 바라보게 하거나
사사건건 간섭하고, 얽어매어 놓으면
숨 막혀서 오히려, 달아난다지요?
사랑은, 훨훨 자유분방하게
소신을 펼칠 수 있게, 해야 된다지요?
사랑하니까 소중하니까

얼마나 더 기다려야만 합니까?
언제까지 이렇게 애만 태워야 하나요?
기다림의 세월, 하루 이틀 사흘…
돌아서면 일주일, 어느새 또 한두 달…
날이 가고 달이 가고 해가 바뀌니
마지막 불사를 늦둥이 내 청춘
남은 세월이 너무 아쉽습니다.

71

나이가 들면 모르는 게 없을 줄 알았는데
나이가 들면 이해심도 많을 줄 알았는데
더 많이 배워야겠고, 더 많이 참아야겠다.

힘들고 어려운 일상들, 긍정적으로 받아들이고
그립고 보고 싶은 얼굴, 못 보아도 잘 참아내고
하루하루의 밤낮을 견디다 보면 괜찮아지겠지

님 향기 그리운 날, 숨죽여 태연한 척 쉽지 않지만
인연은 받아들이되 집착은 내려놓아야 하는
인간관계를 통해서 삶을 배우고 나 자신을 닦는다.

72

반복되는 일상 속에서 마음과 생각이 통하여
작은 것에도 교감 나눌 수 있는
소중한 사람, 당신이 있어 행복합니다.

어제도 오늘도 기다림으로 애태우지만
신뢰와 믿음, 그리고 사랑으로 변함없이
나를 지켜주고 챙겨주는 당신이 있으니
기다림도 애태움도 행복입니다.

더 많은 관심과 사랑을 받기 위해
상심과 투정으로 일관하지만
누구보다 아껴주고 이해해 주는
사랑하는 그대가 있음에
오늘도 또 내일도 행복할 수 있습니다.

73

세상에서 가장 쉬운 일이
사랑하는 일인 줄만 알았었는데…
가진 것 없어도 착한 마음 하나 있으면
충분한 것인 줄 알았었는데…

사랑은, 바다처럼 넓고도 넓어
채워도 채워도 목이 마르고
주고 주고 또 주어도 끝이 없고
받고 받고 또 받아도 갈증이 납니다.

사랑은, 시작만 있고 끝은 없는 줄 알았었는데…
마음에 차곡차곡 쌓아도 놓고
가슴에 소복소복 모아도 놓고
간직하고 있으면 좋은 것인 줄 알았었는데…

쌓아놓고 보니, 모아놓고 보니
병이 듭니다, 상처가 생깁니다.
달아날까 봐 없어질까 봐 꼭꼭 쌓아 놓았더니
시들고 힘이 없어 죽어갑니다.

때로는 문을 열어 바람도 쐬고
때로는 흘려보내 물갈이도 하고
때로는 자유롭게 놀려도 주고
가슴을 비우듯, 영혼을 앓듯, 놓아도 주고

죽을 만큼 아파도 보아야 한다는 걸
수없이 이별연습을 하고 난 후에야 알 수 있답니다.
사랑하는 일은 세상에서 가장 쉬운 일이 아니라
사랑하는 일이 세상에서 가장 어려운 일이랍니다.

74

기다림이 있고 설렘이 있다는 건
삶의 가치와 의욕을 북돋우는 일이다.
사랑하는 사람, 그리운 사람이 있다는 건
내가 오늘을 열심히 살아야 하고
살아가야 할 목적이 있다는 것이다.

저녁엔 소식 올까, 주말이면 만나겠지?
오늘 하루를 신명 나게 살고
내일 하루도 기대하며 살고
하루 하루를 즐거움 속에서
보내는 날들이 행복하기만 합니다.

메마른 가슴에 행복을 채워 주는
하늘이 내게 준 최고의 선물
당신은 소중하고 고마운 사람
언제까지나 포근한 이 행복을
당신과 함께 누리고 싶습니다.

75

당신의 인생, 삶의 주인공은 당신이었으며
내 인생, 삶의 주인공 역시 나 자신으로
지금까지 살아왔지만, 우리들 두 사람의
앞으로 남은 생, 얼마나 될지 몰라도
그 주인공 역은 당신에게 추대하고, 나는
그 주연이 더욱 빛나게 받쳐주는 조연

세상 어느 누군들 아픈 과거 없을 수 없겠지만
당신이 걸어온 온갖 역경과 시련의 보답으로
내 살아온 시행착오적 경륜과 경험을 살려
보스를 최고로 모시는 충신으로, 보좌관으로
맡은 바 책임과 역할 소신 있게 챙겨드리고
살아온 보람, 만남의 인연으로 보상할게요.

76

세속에서 말하는 산전수전 두루 겪으며
시달리며 살아온 시행착오적 지난 세월

생각해보면 이제야 겨우 철도 들어가고
세상사 인생사 조금은 알 것도 같은데

지금이야말로 사랑이 무언지, 인생이 무언지
경륜을 통한 자아판단적 이론이 정립된다.

언행이며 용모, 일거수일투족
책임질 수 있는 말 한마디, 행동 하나까지
매사에 조심스럽고 신중할 수밖에 없다.

그러나 분명한 내 사고, 나의 판단 아래
내 정서며, 내 이상이며, 내 인생관을
개척하고 찾아 살아가야겠습니다.

설령 내일이 세상 마지막이 될지라도
누가 뭐래도 떳떳하고 당당하게
내 남은 인생 내 능력으로 가꾸어 나가겠습니다.

77

세상을 살다 보면 어느 땐가는
부부간이라도 털어놓을 수 없는 일이 있고
피를 나눈 형제간이라도 말 못 할 형편도 있지만

우리 마주 앉은 눈빛 하나로도 속마음이 통하고
맞잡은 따뜻한 손길만으로도 느낌이 있는데
무슨 말이 더 필요하리오.

혼자 있어도 외롭지 않고
세상을 다 가진 듯 든든한 마음
일을 하다가도 웃고 싶은 마음, 사랑의 힘

78

무게를 달아볼 수도 없고 자로 재어볼 수도 없는
나에 대한 당신의 사랑과 당신을 향한 나의 그리움
어리석게도 오늘은 이런 생각을 다 해 봅니다.

세상이라는 넓고도 넓은 정원 속에서
인생이라는 삶이라는 굴곡의 세월을 살아가면서
좋은 사람과의 좋은 추억 하나쯤은 남겨야지요?

만남의 기쁨도 그리워 애태우는 아쉬움도
서로의 기억 속에 공유할 소중한 추억들이 될 것
좋은 사람 그리운 사람이 있다는 것만도
행복이지요?

79

사랑은 믿음이 최우선입니다.
신뢰와 믿음이 없는 사랑은 아직 설익은 열매
님이여! 오해 마세요. 그대를 두고 내 어찌
다른 곳 다른 이에게 마음을 주리오.

밤을 낮 삼아 그리운 그대
하루라도 못 보면 아쉬운 님
목소리라도 못 들으면 안절부절못하는 그대를 두고
어떻게 다른 생각을 할 수가 있단 말이요?

오늘따라 해야 할 일 오늘따라 가야만 될 곳
오늘따라 찾아오는 손님 오늘따라 이런저런 사정들
소식도 못 전하고
문자도 못 볼 만큼 두서없이 보냈다오.
모쪼록 이해하고 부디 오해만은 말아주세요.

80

바빠서 못 보신 건지? 미워서 안 보신 건지?
어제는 보내드린 내 마음 사랑의 말
아직 읽지도 않으셨네요?
연락 두절로 애태우며 기다리다
늦은 시간에 집으로 갔지만
밤새 엎치락뒤치락 잠마저 설쳤는데…

기대했던 주말 오늘도 소식이 없으니
무슨 일 있나요? 몸이라도 아픈가요?
혹여 내가 뭐라도 잘못한 게 있어
님의 여린 마음이 상하셨나요?
두서없이 보낸 어제 하루
연락이 늦었던 점, 챙기지 못한 것 용서하세요.

81

어떤 한 사람을 진정으로 사랑하는 것은
나를 사랑함이요 온 세상을 사랑하는 것이지요.

나를 믿고 인정해주고 나를 격려해주는
그 사람의 다정한 목소리가 귓가에 맴돌아
피곤에 지쳐 좌절할 것 같았던 내 마음 추스려
더 열심히 더 신명 나게 살아가려 다짐합니다.

나를 향한 그 사람의 해맑은 미소가 떠올라
그 사람을 생각하며 나도 조용히 웃어봅니다.

내가 그 사람에게 꼭 필요한 사람이 되어주고
그 사람 또한 내게 꼭 필요한 사람이 되어준다면
우리 사는 온 세상이 좋은 일로만 가득하겠지요?

세상의 모든 사랑도 희망도 알찬 결실도
결국은 한 사람, 한 사람을 통해 찾아옵니다.
내 마음의 평화, 우리들의 무언의 약속
가슴 벅찬 환희의 오늘을 찬양합니다.

82

예상하지 못했던 날, 예상하지 못했던 곳에서
긴 긴 날을 찾아 해매이던 답을 찾는 행운
인연은 하늘이 맺어주는 전생의 업보이거늘
어찌 소중하지 않겠으며 소홀할 수 있으리오.

끝없이 넓은 우주 속의 푸른 지구별
수십억의 사람들 중에서 인연이 되어
가슴 뜨거워지는 애틋한 그리움으로
사랑의 밀물과 썰물 사이에서 몸부림치는
세상에서 가장 복되고 거룩한 일, 사랑.

세상에는 인연의 끈이 따로 있나 봅니다.
아무리 만나도 인연이 되지 않는가 하면
우연한 인연의 끈 끊으려 해도 이어지고,
이어가려 애를 써도 끊어지는 인연이 있으니
인연과 악연의 결정은 필연적으로 이어지는
서로가 선택하는 순간적 타이밍일 것입니다.

83

못 배웠다고, 못 가졌다고, 비관하거나
자신의 여건을 자책하지 마세요.
세상을 살아보니 못 배운 것, 못 가진 것
탓할 것도 기죽을 필요도 없더이다.
양보하고 배려하며 정의롭게 살아도
얼마든지 소신껏 살아갈 수 있더이다.

둘러보니, 많이 배우고, 많이 가진 그들
남을 기만하고 남을 딛고 일어서려는
잔머리나 굴리는 이기와 욕심으로
덕을 주는 것보다 질서와 공정을 해치니
인간적이고 친근함을 우선하는 정서와
욕심 없이 살아가는 평범함이 좋더이다.

84

1년 앞을 보려거든 꽃을 심고
10년 앞을 보려거든 나무를 심고
평생을 보려거든 사람을 심으라 했습니다.

내가 그대를 선택하고 챙기는 이유도
1년, 10년이 아닌 평생을 보기 위함이거늘
죽음이 우리를 갈라놓을 때까지
챙기고 섬기며 함께 하겠습니다.

몸도 마음도 향기롭고 넉넉하게
주어진 만큼 살아야 될 남은 세월
상냥하고 다정한 누나의 속삭임처럼
아늑하고 포근한 엄마의 품속처럼
꽃피는 언덕길, 싱그러운 비단길로 인도하소서...

85

아무리 좋은 인연도 사람과 사람의 관계
서로의 노력이 없이는 오래갈 수도 없고
서로를 이해하고 배려하며 내가 먼저 진실한 사람
따뜻한 사람이 되어주는 지혜가 필요할 것입니다.

꿈 가득한 눈빛, 열정 가득한 가슴, 소신 펼치는 발길
소유가 아닌 상대의 꿈과 정서를 이해하고 인정하는
일심동체가 아닌 이심이체의 인격체를 정립하고
서로가 서로의 영혼을 받들어주어야 할 것입니다.

86

먼 길 달려오는 동안 운명이 숨겨놓았던
서로의 사랑 그리던 님 이제 찾았으니
내 영혼 그대 영혼 하나 되어
어렵고 힘든 일 있어도 함께하리라
거센 눈보라 비바람 몰아쳐도
꺼지지 않는 축복의 불빛 밝혀 헤쳐나가리라!

우리 이제 약속의 손과 손 마주 잡고
신뢰와 믿음의 열쇠를 주고받았으니
서로를 헤아리는 아름다운 세월
가슴 뛰는 영혼 서로가 서로를 받들어
사랑과 헌신으로 가꾸고 이루어
새로운 소망의 열매 맺는 행복만을 누려요.

87

진정한 사랑, 참사랑이란
흐르는 눈물을 닦아 주는 것이 아니라
그 사람의 눈에서 눈물이 흐르지 않게 하는 것

내 사랑에게 마음까지 따뜻하게 적셔오는
아름다운 참사랑이 무엇인지 진정 일깨워주는
의미 깊은 우리들의 깊은 사랑 되게 하시고
아름다운 인연, 아름다운 사랑으로 길이 남게 하소서.

나 이제 그 사람이 내 옆에 있어
아름다운 시의 향기 가득 품어내듯
그 사람도 나로 인해 마음의 평화와 안정으로
아름다운 삶의 향기 마음껏 느낄 수 있는
곱고 고운 꽃길만 걷는 삶이 되게 하소서.

앞으로 더 많은 날을 살아감에 있어
그 어떤 일도 지금의 마음처럼 변하지 않고
우리의 사랑이 밑바탕 되어 초심으로 살게 하시고
미움이 싹트려 할 때에도 더 용서하고 배려하는 마음
더 깊은 사랑으로
감싸 안을 수 있는 마음 되게 하소서.

88

오늘도 변함없는 일상에서 당신을 생각합니다.
당신의 얼굴 당신의 미소 마음까지도 그려봅니다.
생각하면 아련함이 가슴을 파고드는 사람
오늘 하루도 그런 당신이 있어 나는 참 행복합니다.

얼마나 고운 인연이기에 우리는 만났을까요?
힘겨운 세상, 두서없는 삶을 살아가던 내게
함께해줄 다정한 당신이 옆에 있다는 건
무한한 영광이며 하늘이 내려준 축복입니다.

우리는 서로에게 어떤 의미를 안은 사람인지
굳이 꼭 알아야 할 이유는 없겠지만
전생의 무슨 끈, 무슨 인연으로 엮어져 이렇듯
잔잔한 감동으로 다가섰는지 모를 일입니다.

삭막했던 일상에서 당신의 다정한 목소리 한 번
미소 한 번으로,얼었던 가슴이 눈 녹듯 녹아내림은
인간 세상의 행복도 불행도 마음먹기에 따라서는
이렇듯 소소한 것들이 사람의 마음을 감동시킵니다.

89

내 숨결의 주인, 내 영혼의 고향인 당신을 생각합니다.
피고 지는 인연이 다해도 기어이 마주할 당신이기에
머리카락 베어다 신발을 만들어드리고픈 당신이기에
내 진심의 영혼을 불태워 그 등불 밝혀 드리나니
부디, 그대 귀한 발길 한 걸음도 헛되지 않게 하소서!

살아가고 숨 쉬는 모든 날이 꿈같은 당신이기에
보고 싶다 말하기 전에 가슴 먼저 아리는 당신이기에
애달프다 입 열기 전에 마음이 먼저 안긴 당신이기에
내 진실한 소망의 노래로 당신 위해 기원하나니
이 인연 다하고 나도 당신 앞에 다시 서게 하소서!

90

잠시, 잠깐의 시간 속에서도 그대가 있고
온종일 그대를 생각해도 지치지 않으며
늘 그대를 생각하고 기다릴 수 있다는
그 이유만으로도 진정 고맙고 감사합니다.

내 일상 모두는 그대를 위하여 짜이지지만
비록 마주하는 시간이 짧아서 아쉽고,
떳떳하고 당당하게 만날 수는 없어도
이렇게라도 인연이 이어질 수 있음에 감사합니다.

내 남은 삶의 존재 이유와 내 평생의 전부를
그대 통해서 이루어지고 그대 있음이라는 사실
이렇게 늘 가슴에서 허락하는 인간적인 친밀함과
함께 가는 사랑의 길, 그대 함께 있어 고맙습니다.

오늘도 화이팅~^^♡♡

91

하늘에는 별이 소중하고
땅에서는 꽃이 소중하듯이
나에게는 세상에서 당신이 제일 소중합니다.

비가 오면 사람들이 우산을 찾는 것처럼
당신이 힘들고 지칠 때 제일 먼저 찾는 게
그 누구도 아닌, 바로 나였으면 좋겠습니다.

당신을 생각하는 하루하루의 내 삶은
그 어떤 영화보다 드라마보다
더 멋지고 아름다운 러브스토리입니다.

제발 아프지 마세요! 나를 울리지 마세요!
그 어떤 유혹에도 흔들리지 마세요!
지금 당신의 있는 그대로를 사랑합니다.

92

사랑은 무작정 기다려주지 않습니다.
떠나고 난 뒤에 후회한들
이미 가버린 사랑은 다시 돌아오지 않습니다.
왜냐하면 내 곁에선 외로웠기 때문입니다.
상대를 외롭게 하는 건 가장 큰 실수입니다.

후회하지 않게 진실로 사랑하는 사람을
잃어버리지 않도록 하는 것은
사랑하는 사람을 홀로 있지 않게
외롭지 않게 챙겨주어야 하는 것입니다.

사랑할 수 있을 때 아낌없이 사랑해야 합니다.
사랑을 그대 곁에 진정으로 있게 하고 싶다면
지금 바로 얘기하세요. 사랑해! 라고
외롭지 않게 외롭다고 느끼지 않게 해주는 것이
진정한 사랑이요 사랑하는 사람의 마음자세입니다.

93

내가 더 많이 기다려주고
내가 더 많은 투자를 하고
내가 더 많이 사랑했다고
부끄러워하거나 자존심 상할 이유가 없다.
여건이 허락하거나 능력이 닿으면
사랑을 위해서 희생하고 배려하는 것
무엇이 부끄럽고 무엇이 아까우리
더 많이 주지 못함이 안타까울 뿐…

힘들 때 서로 의지할 수 있고
어려울 때 서로 힘이 되어 주고
어려운 인생길에 마음으로나마
위로가 되어줄 수 있다는 것, 기쁘고 행복하다.
맛있는 음식, 아름다운 경치, 좋은 곳 여행….
같이 먹고, 같이 즐길 수 있는 상대가 있다는 것.
여기에 더하여 사랑도 속삭일 수 있으니
지상낙원이요 금상첨화, 살맛 나는 세상…

94

아무리 바빠도 가끔씩은 소식도 주고
전화라도 해서 목소리라도 들어 보았으면
아니면 잠시만 짬 내서 카톡이나 문자라도…

그리운 사람에게 사랑한다는 말, 아니면
나도 잊지 않고 있으니 걱정 말라는
말이라도 한번씩 해주면 정말 좋으련만…

더 욕심을 낸다면, 소소한 것이나마
내가 필요한 것, 내가 좋아하는 것
챙겨주는 센스까지 있다면 금상첨화…

착각이겠지, 사랑은 주는 것, 주기만 하는 것
받을 것은 생각 않고 주는 것을 보람으로 여기며
받는 그 사람이 행복해하는 것만 생각해야겠지…

95

눈을 뜨고 생각나는 사람은, 아픔을 주는 사람이고
눈을 감고도 생각나는 사람이
진정으로 사랑하는 사람이라고 했지만
눈을 감아도, 눈을 떠도 그대 생각뿐입니다.

꼭 쥐고 있어야만 내 것이 되는 사람은
진정한 내 인연이 아니고
가끔씩은 자유분방하게 놓아주어도
내 곁에 머무는 사람이 진짜 내 사람이랍니다.

상대가 원하는 것만 해 주는 것보다
상대가 싫어하는 것을 하지 않는 것이
더 큰 사랑이라고 하네요.

나 자신의 마음도 제대로 모르는데
어떻게 상대의 마음을 잘 읽을 수 있나요
하지만 님의 마음 최선을 다해서 살필게요.

96

당신을 만나고부터 나름
더 착한 사람, 더 좋은 사람
더 멋있는 사람이 되기 위해서 노력해왔습니다.

매 순간, 당신에게 기쁨이 되고
만날 때마다 따뜻한 사람이 되기 위해서
미흡하지만 진정으로 최선을 다한 변신이었습니다.

늦은 고백이지만 고맙다고
당신에게 고마웠다고 말하고 싶어요.
나도 당신으로 인해서 더 성숙해지고 있다고…

97

내 사랑은 숨어서 하는 비밀사랑
사랑인지 아닌지 알쏭달쏭 아무도 몰라
하늘만 알고, 땅만 알고, 둘만이 아는
서로의 가슴속에 고이고이 넣어두고는
보고 싶어 안달 나면 겨우 꺼내 보는 사이…

내 사랑은 포켓사랑, 주머니 속의 사랑
놓칠라 날아갈라 조바심에 꼭꼭 숨겨두고
우연이 필연 되어 숙명이라 여기면서도
서로의 양심에 반하지 않는 신의와 믿음
마음속에 새기고 지키며 살아가는 사이…

98

아옹다옹 세상살이 지치고 힘들거던
다 내려놓고 잠시 쉬어 가요
사연 없는 사람 상처 없는 사람 어디 있으리오.

쫓기듯 살아온 지난 시간 돌아보며
잔잔한 음악 한 곡, 따뜻한 커피 한 잔으로
마음의 평화를 찾기 위한 휴식을 가져요.

서로의 삶을 위하여 고의 아니게
상처를 준 것도 상처를 받은 것도
미워하거나 원망하지 말아요.

좋은 인연 만나 함께 소풍하는 참 좋은 세상
하고 싶은 것들 다 하고 가면 좋기는 하련만
때 되면 꽃도 피고 사랑도 피어나리니…

99

스쳐 지나가는 숱한 인연 중에
얕은 인연이 있고 깊은 인연이 있어서
그 인연으로 하여금 마음들이 성숙한다.

아름답고 고운 만남을 통하여
세상을 보는 눈이 밝아지고
마음이 넓어지고 깊어지며 아름다워진다

인연이 아닌 줄 알았던 우연한 만남이
깊은 인연, 필연이 되어 행복을 알게 되고
사랑의 눈을 다시 뜨게 된 너 그리고 나.

좋은 만남은
축복입니다

100

생각대로 되지 않는 세상사에
마음이 울적할 때나 기쁠 때에도
때론 친구처럼 때론 연인처럼
다독이며 챙겨주는 위로와 격려.

돌아보면 언제나 그 자리에
밝은 미소 지으며 서 있는 당신
만나고 또 만나도 아쉬움이 남고
보고 또 보아도 여운이 남는.

첫사랑처럼 설레고 두근거리는
그리움으로 가득한 우리들의 만남
서로가 서로에게 누가 되지 않는
소중하고 아름다운 추억 만들어가요.

행여 당신도 가슴 아픈 일로
쓸쓸해하거나 깊은 시름 하는 날
허허로운 그 마음에 온기 가득 채워
그대 옆에 다정히 머물러 드릴게요.

세월이 변하고 그 모습도 변하여
늙고 병들어 추해진다 하여도
영혼의 마음으로 위로할 수 있는
그대와 나였으면 좋겠습니다.

101

사람은 누구나 마음에 담고 싶은 사람이 있다.
아무런 대가 없이 자기를 사랑해 준 사람
자신에게 특별한 관심을 보여준 사람은
잊힐 수 없는 마음에 담고 싶은 사람일 것이다.

나는 나에게, 또는 잊히지 않는
그 소중한 사람에게
좀 더 관대해져야겠다.
그리고 한결같아야겠다.
향기 나는 꽃처럼 기억되는 사람으로 남아야겠다.

102

보이지 않아도 볼 수 있는 것
말하지 않아도 알 수 있는 것
님의모습이요 마음입니다.
답답한 가슴, 말 못 할 사연
다 보입니다. 잘 들립니다.

전화도 없고, 카톡 하나 없는 날
님의 안부, 님의 모습
짐작으로 묻고, 상상으로 그립니다.
그러나 님이여! 외로워 마오.
우리들의 작은 행복 위안 삼으소서.

자근자근 속삭임 내 귓전에 들리고
자상한 그 미소 내 마음에 와 닿아
그대 영혼, 내 영혼 서로의 옆에서
위로되고, 의지되는 믿음 있으니
밝은 내일을 믿고 우울한 오늘은 참아요!

103

잘 지내고 계신지? 밤새 별고 없었는지?
시국이 뒤숭숭하고, 사회도 어수선하니
몇 시간만, 연락이 닿지 않아도
안절부절 궁금한 님의 안부뿐입니다.

님 없이 살아온, 지난 날들도
잘 보내고 잘 살아 왔건만
손길 닿을 듯, 숨결 느끼듯
가까운 곳에서 살고 있는데…

행여나 무슨 일 생기지나 않았는지?
지금은 무얼 하는지?
변함없이, 내 생각은 하고 있는지?
자꾸만, 보채고 싶은 마음뿐입니다.

104

세상의 인연이란, 알쏭달쏭 그야말로 얄궂은 것
그날 그 자리에 그 사람이 오지 않았더라면
혹은 내가 또 그 자리에 함께하지 않았다면…

정서가 맞고 대화가 통한다는 명분으로
또 만나자, 다시보자는 약속으로 이어져
인연이 필연이 되는 깊은 언약도 없었으련만…

순간을 스쳐 가는 우연한 작은 인연들이
서로 같이 발전하고 우리 같이 익어가는
함께하는 석양 소풍 놀이 될 줄 누가 알았으리오.

105

사랑하고 존경하는 당신
오늘하루도 고생이 많았어요!

사랑하는 가족과 가정의 생존과 화평
삶의 질 향상과 행복추구권을 위한
크고 작은 삶의 고통, 참고 인내하며
여기까지 지탱해오신 희생과 열정
내게도 참 소중한 당신 감사합니다.

시곗바늘처럼 정확한 활동 반경
내일도 또 다음 날도 번복되는 같은 일과
인내로 익어가는 숙련된 생체리듬
경륜으로 쌓인 상상을 초월하는 인간미…

106

모르긴 해도 당신은 나를 믿어주는 사람
미약하지만 나 또한 당신을 사랑하는 사람
그것만큼은 확실한 우리 두 사람…

사랑은 주는 것만큼 돌아오는 것도 아니고
받은 만큼 돌려주어야 되는 것도 아닙니다.
사랑에 있어서 이해득실을 따질 수는 없는 것

사랑은 받을 것은 생각하지 않으며
사랑은 주어도 주어도 아깝지 않고
줄 것이 모자라서 오히려 안타까운 마음뿐입니다.

107

님이여! 지금은 무얼 하시나요?
오늘 저녁 일정은 어떻게 되며
이번 주말 계획은 또 어떠하신지요?
꽃 피는 춘삼월, 봄입니다.

시절이 아무리 저러하여도
님 향한 그리운 마음은 어찌 하리오?
서로 간의 여건과 사정이 있어
마음대로 보지는 못해도 목소리라도
들어보고 싶은 간절한 마음은 숨길 수 없어
오늘도 애태우는 영입니다.

사람 사는 세상, 누구라고 특별할 수 없어
크고 작은 사연들 없을 수도 없지요만
넉넉잖은 남은 세월이 야속하고 아쉽네요.

108

함께하는 세상, 함께하는 삶, 함께하는 일상
좋은 일 궂은일, 같이 기뻐하고 슬퍼하면서
밤을 낮 삼아 그리워하고 사모하는 그대와 나
서로의 기둥이요 의지처, 사랑이 있다는 것…

지켜주고 챙겨주는 누군가 있다는 것과 없다는 것
눈 감으면 생각나는 사랑이 있다는 것과 없다는 것
상처받기 쉬운 세상 사는 일이 힘겹고, 서러울 때
마음에 쌓인 시름도 고단함도 씻어주고 풀어도 줄
함께하는 사람, 함께하는 사랑, 함께하는 우리…

혼자가 아니라는 생각은,
긍정이요 용기요 희망입니다.
우리들의 소소한 일상
밥 한 끼, 차 한 잔, 수다 한 번으로
심신이 건강해지고 가치 있는 사람의
감정입니다.

109

사랑은 간절하게 그리울 때가
더 아름답다고 했던가요?
이런저런 사정으로
지척에 있어도 못 보는 아쉬움에
작지만 지난날의 소소한 일상들이
행복이었나 봅니다.

님의 향기, 님의 모습, 가슴 아리도록 그리워하고
사랑에 목말라하며,
기다리는 시간마저도 행복입니다.
그대 변함없이 그 자리에 있다는 걸 알고 있기에....

내 손으로 밥 먹을 수 있고 내 발로 걸어다니며
스스로 가고 싶은 곳 마음대로 갈 수 있고
보고 싶은 사람, 보고 싶은 것, 내 능력으로
만날 수 있고 볼 수도 있는, 여건이 된다는 것
이것만도 행운이라 할 수 있겠지요?

새소리 물소리 바람 소리 자연의 소리
사랑하는 사람의 목소리도 들을 수 있고
남들처럼 외국 여행, 화려한 명품, 사치품은 못 해도
소박하고 소소한 일상이라도 함께할 수 있다는 것
이것만도 행복이라 할 수 있겠지요?

111

사랑하는 사람을 지척에 두고도 못 보는 날
마음이 이렇게 우울한데 비마저 내립니다.
어린애처럼 그립다 보고 싶다 자꾸 말하면
보챈다고 핀잔줄까 봐 차마 말도 못 합니다.

사람 사는 세상엔 이런 일 저런 사정
더러는 말 못 할 사정들이 있게 마련이지만
당신 향한 그리움 마음만은 속일 수 없고
그것이 곧 내 삶의 향기요 행복입니다.

112

그리워하고 또 그리워하겠습니다.
사랑하고 또 사랑하겠습니다.
살아있는 한 기억하고 또 기억하겠습니다.
기다리고 또 기다리겠습니다.

세월이 흐르고 언젠가 그날
행여 당신이 날 기억하지 못하거나
서로의 생사生死마저 모른다 하여도
우리들의 기막힌 인연, 소박한 추억들
가슴으로 떠안으며 기억하며 살게요.

초라한 모습의 서로가 서로를
잠시 잠깐이라도 기억을 되살려
문득 서로를 그리워하게 되는 날
방울방울 서로의 이마에 맺혀있는
세월의 땀방울 닦아줄 수만 있다면
그보다 더한 행복이 또 있으리오마는…

이 도서의 국립중앙도서관 출판예정도서목록(CIP)은 서지정보유통지원시스템 홈페이지(http://seoji.nl.go.kr)와 국가자료종합목록 구축시스템(http://kolis-net.nl.go.kr)에서 이용하실 수 있습니다.
(CIP제어번호 : CIP2020013881)

문태영 지음

카톡으로 주고받은 사랑의 말

인쇄| 2020년 4월 20일
발행| 2020년 4월 25일

글쓴이| 문태영
펴낸이| 장호병
펴낸곳| 북랜드
06252 서울 강남구 강남대로 320 황화빌딩 1108호
대표전화 (02) 732-4574 | (053) 252-9114
팩시밀리 (02) 734-4574 | (053) 252-9334

등 록 일| 1999년 11월 11일
등록번호| 제13-615호
홈페이지| www.bookland.co.kr
이-메 일| bookland@hanmail.net

책임편집| 김인옥
교 열| 배성숙 전은경

ISBN 978-89-7787-926-3 03810
ISBN 978-89-7787-927-0 05810(E-book)

값 10,000 원